여우는 여우는

여우는 여우는

여우는 여우는

—

초판 1쇄   2025년 12월 20일
지은이   전정예
펴낸이   손상민
펴낸곳   나무와바다

—

주소   경상남도 창원시 성산구 비음로 50-1, 102호
전화   0507-1438-7831
홈페이지   www.indiwriting.com
전자우편   mangocompany@naver.com
출판등록   2017년 11월 24일   제567-2017-000024호
ⓒ 전정예, 2025

—

ISBN   979-11-977237-8-0(03810)

여우는

여우는

전정예 시집

나무와 바다

'여우야 여우야' 부르니
'여우가 여우가' 나와
'여우랑 여우랑' 함께 고개를 넘었습니다.
그들은 외로운 여우의 따뜻한 친구가 되었고
안 보면 보고 싶은 그리운 여우가 되었습니다.
끝날 것 같은 고개는 좀처럼 끝나지 않았고
아직 남은 고개들 석양빛에 비춰보며
'여우는 여우는'
또 별수 없이 그리운 여우들을 찾아 길을 나섰습니다.
해가 지면 여우들은 그들이 품은 등으로
서로를 비춰줄 것입니다.
그들은 서로의 따뜻한 작은 등입니다.

- 2025년 겨울에
전정예

2부 그렇네

3부 데스벨리에 가거든

4부   사랑

1부
당신의 신화

당신의 신화
- 50년 뒤안길에서

1
당신은 한때
포효하는 늑대의 신화를
가슴에 품고

금빛 갑옷을 입고
은빛 칼집을 차고
눈부신 젊음의 말을 타고

한 마리 여우에게로
거침없이 달려와
해를 따다 주겠노라
당당히 약속하였지요

해가 뜨면
밀림의 숲으로
해를 따러 나가고
해가 지면
여우에게로 와
밀림 속 늑대의 신화를

들려주곤 하였지요

어떤 날은
야수들이 우글대는
검은 숲에서
여우 먹일 먹잇감 찾느라
해 따는 신화는 잊은 채
숲속을 헤매기도 하였지요

2
먹잇감과
신화 사이를
한 평생 배회한 당신은

초저녁달 비치는
숲속 작은 연못에 닿아서야
수고로운 발을 담글 수 있었지요

연못가 낡은 의자엔
한 마리 여우가

당신 발을 닦아줄
하얀 수건을 준비하고
앉아 있네요

치열했던 당신의 신화는
여우와 함께한
50년 뒤안길에서
이렇게 조용히
하나의 전설이 되고 있네요

여우는 여우는

어릴 적
여우놀이를 하면서
세 고개를 넘어본
여우는 여우는
그 후로 수많은 고개를
넘어왔어

언덕 흐드러진 꽃들도 보고
숲속 달콤한 열매도 따먹으며
비탈길에 넘어져 다치기도 하면서
참 아스라한 고갯길도 넘어왔어

때론
고개에 맞닿은
말 없는 하늘에
웬 고개가 이리도 많은지
망연히 묻기도 하였어

아직도 남은 고개
저문 해에 비춰보며

여우는 여우는
목숨처럼 지고 온 등짐
허탈하게 벗어 놓으며

이제는 가볍게 넘으리라
날마다 주문을 외며
가랑잎 수북한 고갯길을
오늘도 타박타박 걷고 있어

12월에 오기까지

12월에 오기까지
우린 얼마나
많은 것들을 보았는가

새벽 여명에
언 지평을 뚫고 뾰족이 내민
경이로운 수직의 솟음

아침 햇살에
순간 초록으로 바뀌는
숨 막히는 연두의 변신

눈부신 대낮에
벌 나비 꼬여 벌이는
소란스런 꽃들의 잔치

해 질 녘 노을에
낙하하는 노란 잎들의
우아한 윤무

뭘 더 간청하겠는가
12월이 왔는데

이젠 가랑잎 밟으러
숲속으로 들어가세

그곳에서 우리
하얀 눈을
머리 위에 맞세

달개비꽃 앞에서

젊을 적
늙은이를 보면
이제 하마 돌아가도
괜찮을 듯 싶었어

지금 내가 그 즈음의
나이를 살고 있네

눈은 침침해지고
귀는 감감해지고
머릿속은 가물거리고
걸음은 느려지고

해 질 녘이면
노을이나 바라보다

노을 아래로
땅거미가 스미면

마당에 나가
달개비꽃이나 바라보네

조촐한 꽃잎 세 장을
첫새벽이면 열고

저녁이 오면
어느새 소리없이 아물다가
어느 한 저녁
아문 향기 그대로 품고
정갈하게 떠나버리는

달개비꽃 앞에서
소망 하나 말해보네

나 돌아갈 때도
이런 소박한 향기 하나
품고 소리 없이 가기를

그리고 그날이
너무 늦지 않게 오기를

겨울 1

겨울엔 두께가 있어
강물 위 얼음장에도
사람의 모직코트에도

난 겨울엔
그 두께 속에서
새어 나오는 소리를 듣고 싶어

두텁게 언 얼음장에
귀대고 듣는
계곡의 물소리

두툼한 모직코트 품에
파고들어 듣는
그대의 심장소리

아, 겨울은 내게
한 줄의 시를 이렇듯
두터움 속에서 들려 줘

겨울 2

겨울엔 간절함이 있어
길가에 서있는 나무에도
그 아래를 걷는 사람에도

난 겨울엔
마지막 기도 같은
그들의 간절한 소리를 듣고 싶어

맨 가지 위에 얹힌 눈가루
삭풍에 털려버리는
가로수의 외마디 소리

그 눈가루 머리에 맞으며
중얼대며 걸어가는
한 늙은이의 혼잣말 소리

아, 겨울은 내게
한 줄의 시를 이렇듯
간절함 속에서 들려줘

새벽의 시간

어스름이 희끗함에
희끗함이 어스름에

내 삶이 하루에
하루에 내 삶이

나그네가 길 위에
길이 나그네에

무엇이 모두에
모두가 무엇에

잠시 머무는
무채색의 시간

현존재의 시간
내가 가장 사랑한 시간

나무처럼

나무는
늘 그 자리에서
나무는
늘 그 모습이어야 해

세찬 바람에
부러진 가지 자국엔
진한 수액 뿜어 발라
옹두리 혹으로 달고

살을 에는 추위는
안으로 들여
둥근 테로 겹겹이 두르며
더욱 굵고 단단해져야 해

그래야
누군가 기댈 수 있지

그래야
누군가 버틸 수 있지

시냇물 하나

조올조올
작은 소리로
쉬엄쉬엄

굽이굽이
다소곳하고
부드럽게

소곤소곤
나지막하고
다정하게

살랑살랑
그 속에
발 담그고

도란도란
그 안에
조약돌 담기는

그런 시냇물 하나
내 안에
흐르게 하고 싶어

수많은 물결 되어

모든 건 흘러가데
하나의 물결로

품어본 희망과
무너진 좌절 사이로

열띤 사랑과
시린 배신 사이로

내뿜는 기쁨과
삼키는 슬픔 사이로

꿈꾸던 시와
일상의 산문 사이로

너에 대한 그리움과
나에 대한 외로움 사이로

이곳의 진실과
저곳의 왜곡 사이로

요만큼의 존재와
고만큼의 소멸 사이로

수많은 물결이
부딪치고 부서지며

하나의 물결 되어
함께 흘러가데

파도와 모래톱

어두운 바닷속을
무거운 숨으로
표류해온 파도가

바다 끝에 이르면
하얀 거품 치솟으며
거세게 절규하데

수천 개의 고랑과
수만 개의 이랑을
넘나들며 당도하였다고

여지없이 부서지는
앞선 파도들을 보면서도
앞만 보고 질주했다고

포효하며 자지러지는 파도를
안타깝게 지켜보던 모래톱이
소리 없이 받아 안아주데

오래된 목로

숲속 통나무집
무거운 나무문
삐그덕 열고 들어가

그 어둑한 목로에 앉아
내 몫의 술 한 잔을 청하고

따라준 한 잔을
천천히 마시고는

빈 잔을 목로 위에
탁하고 내려놓고 싶다

내 인생도 이제 그렇게
턱하니 내려놓고 싶네

빈 잔의
흔적들이 가득한

그 오래된 목로에서
그 전설의 주점에서

2부
그렇네

그렇네

1
그렇네
어느 날 나도
돌아가야 하네

내가
어슬렁거렸던
세상의 한 귀퉁이
모퉁이를 돌아

오래 함께해서
무엇으로도
대체할 수 없는
사랑을, 내 사랑을

그냥 그대로
세상 속에
남겨두고

나

그 사랑 때문에
가던 길 멈춰 서서
돌아보고, 돌아보고
또 돌아보리

나 그제야
내가 몰아쉰 마지막 숨을
내 사랑 심장에 묻고 왔음을
알게 되리

2
그렇네
어느 날 나도
보내야 하네

그가 차지했던
세상의 한 중심에서
빠져나가는 모습을
속수무책으로 지켜보며

오래 함께해서
무엇으로도
대체할 수 없는
사랑을, 내 사랑을

차마 보내지 못하고
그냥 그대로
세상 속에 잡아두고파

내 사랑
가는 길 막아서서
멈추고, 멈추고
또 멈추게 하리

나 그제야
내 사랑이 몰아쉰 마지막 숨이
오래된 내 삶의 소실점이었음을
알게 되리

내 옷

나 돌아가면
그 많은
내 옷장안 옷들은
다 어디로 가려나?

내 욕망이
살다 나온
내 껍데기

좁아터진
옷장 안을 비집고
기어코 또 한 벌을
들여놓곤 하였지

나 돌아가면
몇 벌은 태워져
가벼운 연기 되어
내 뒤를 따를 것이고

몇 벌은 혹여

누군가에게
입혀지려나?

그럼
나를 떠나 떠돌던
내 넋이 이를 알아보고
그 옷 위에
살포시 앉으려나?

그때
그 옷이 그에게
허욕이 산화된
무욕의 방이 되어

볕바른 창호지처럼
아늑하기를
아랫목 이불처럼
포근하기를

내가 살던 집

나 돌아가면
내가 오래 살던 이 집은
어찌 되려나?

내 모든 삶이
무장해제 되어 펼쳐졌던 이곳

내밀한 것들을
비밀번호 안에 가두고
태연스레 문지방을
나서곤 하였지

그 안에서는 늘
기쁠 때 자라는 발톱이
슬플 때 자라는 손톱보다
더디 자랐지

막막할 때
기대던 벽

늘 바람을
맞이했던 창가

절망할 때
엎드린 방바닥

침대 머리맡
다정한 갓전등

혼자일 때 적던
내 시 노트

눈뜨면 나갔던
내 오래된 정원

어느 하루
이 모든 것 그대로 둔 채
홀연히 문지방을 넘고는
다시 들어서지 못한다면?

내 정원은
오랜 시간 방치되어
거미줄 가득 엉킨
비밀정원으로 남겠지

차마 그곳을 뜨지 못하고
맴돌고 있을 내 넋이여
한 번만 다시 들어가
미완의 공간을 마무리해주소

벽에 새겨진 내 그림자
어루만져 지워주고

창가를 지나는 바람에게
나도 바람 되었노라 전해주소

방바닥 내 눈물자국
한 방울 눈물 흘려 닦아주고

하나,

머리맡 갓등은 그대로 밝혀두소
내가 첫새벽이면 함께한
내 소중한 지혜의 친구라네

반딧불 넣어 호박 꽃초롱 만들던
내 어린 영혼이 혹 찾아올지도 …

마지막으로,
쓰다 만 내 시
마지막 한 줄
끝맺고 오소

— 모든 건
   다 스러져 사라진다고
   그래서 아름다운 거라고 —

아무것도

꽤
아득히 오래
착실하게
기록해 왔구만

나름
중요한 건
굵직한 선으로
표시해 뒀구만

지우개로 지운 공책처럼
기록한 자국만 남기고
보람없이 사라져 버렸네

주먹이라도
쫙 펴보지만
아무것도 없네

아!
혼자서

이 혼미한 텍스트를
독해해내야만 하네

어떻게
소음의 공간들이
적막함으로 환원되었는지
치열했던 시간들이
덧없음으로 치환되었는지

하늘에서 내린 눈이
모든 것 하얗게 덮어버려
천국보다 낯선 이곳에

덩그맣게 남겨진
이 한 존재를
이해해내야만 하네

장맛비

나를 이루는
열에 아홉은
과거

그 과거
열에 몇이나
기억할까

그 기억
열에 몇이
그리움일까

그 그리움
열에 몇이
외로움일까

그 외로움
열에 몇이
회한으로 남은 걸까

장맛비 죽죽 내려
온종일 어둑한 날

내 마음은
내내 회한에
젖어있네

혼술

하늘이
뭔가를 뿌리려
잔뜩 어둑해지는
그런 날

하필 그런 날
혼자 집에 남겨지면

그 어둑함을 끝내
이겨내지 못하고
난 내게
술 한 잔을 청하고 만다

투명한 유리잔에
하얀 각 얼음을 채우고
갈색 술 한 잔을 따라

지금의
막막함과
쓸쓸함으로

단숨에 절반을 비우고

지나온
미망과
무상함으로
천천히 나머지를 비우지

그리곤 하릴없이
빈 유리잔을 오래
들여다보고 있노라면

그 속에서는 안줏감으로
벌거벗은 통닭 한 마리가
도리없이 드러난 맨몸으로
벌겋게 익어가며
빙글빙글 돌아가고 있지

유리잔을 씻으며

어젯밤 그대와 함께 한
술잔을 아침에 씻습니다

깨지기 쉬운 유리잔을
조심스럽게 닦습니다

잔에 남은 입술 자국 보며
빠져나간 말들을 반추해봅니다

유리잔에 남은 입술 자국
마음속에 새겨진 말 자국

마음속에 난 자국도 이렇듯
정갈하게 닦아내고 싶습니다

서랍 속

오래된 서랍 속을
큰맘 먹고 치운다

잡동사니 중에서
섬광처럼 눈에 띄는 것

언젠가 남몰래
황급히 감춰버린 것

묵은 세월 속에서도
변하지 않는 비밀로

너 꿈쩍도 않고
그곳에 그대로 있었구나

너 거기서 나랑
은밀히 내통하고 있었구나 !!

수줍음

어릴 적 우린
마음을 꽤 수줍게 전달했어

동그랗게 모여앉아 수건돌리기 할 때
친구 등 뒤에 살짝 수건을 떨어뜨리고
들킬까봐 얼른 도망치고

친구 몰래 등 뒤로 가
그 두 눈을 내 두 손으로 가리고
누군지 맞춰보라고 했어

정월 보름밤엔
먼 길 걸어가 친구 집 대문에 몰래
복주머니 걸어두고 얼른 도망을 쳤어

아무튼
뭐든지 등 뒤에서
슬쩍했어

그때 우리에겐
수줍음이 있었어

그대와 나

잠시 헤어져 있세
그대와 나
참 오래 함께 했네

잠시 떨어져 있세
그대는 그곳에
나는 이곳에

새처럼 늘
곁에서 날았지

시냇물처럼 늘
나란히 흘렀지

잠시 홀로 날아보세
한 마리 새로
외롭지만 자유롭게

잠시 홀로 흘러보세
하나의 물줄기로

작지만 내밀하게

잠시 곰곰 생각해 보세
그대가 누구인지
내가 누구인지

그저 그럴 뿐

그저 그럴 뿐
그저 모를 뿐

그저 바람일 뿐
그저 강물일 뿐

그저
강물에 바람이 스칠 뿐

그저
바람에 강물이 일 뿐

그저
모든 게 기적일 뿐

오직
지금 여기일 뿐

3부
데스벨리에
가거든

데스벨리에 가거든

아무도 살 수 없는
사막 속 죽음의 계곡

그것도 한여름 대낮
숨 멎는 불볕더위에

사람 하나 얼씬 않는
절대의 고요 속을

뭣 모르고 겁도 없이
진입하는 아시안 커플

그들의 작은 차 위로
구명용 헬리콥터가 뜨고

낮게 낮게 비행하며
끝까지 밀착 수행

드디어 안착한 그들에게
감격하는 안내소 할아버지

정작 감격의 눈물은
그들 여행객의 눈에서
사람과 사람이 닿았음에
존중받은 생명감에 . . .

기가 막히는 사막의 풍광 속
붉은 석양 앞 그 할아버지

가는 길에 꼭 들르라고
사막의 주막 하나 일러주곤

그곳 뷰티풀 올드 래이디에게
부디 자기 안부 좀 전해 달라고

아, 누구
데스벨리에 가거든
그 할아버지께
이 아시안 올드 래이디
안부 좀 꼭 전해주시길

안데스에서

안데스에서
잔뼈가 굵어

그곳
길라잡이 하며

온 삶을 사는
젊은이에게

함께 그곳을
내려온 이가 묻는다

"뻬드로,
네 삶에서 제일
중요한 건 뭐야?"

"가족
사랑
행복"

햇볕하고
바람하고
함께 살아

들소 가죽처럼
단단해지고
가무잡잡해진
얼굴이

하얀 이를
드러내며
하얗게 웃는다

쿠스코 할머니

평생을
안데스 고원에서 살아온
페루 쿠스코 할머니

설날
열두 개의 포도를 먹으며
열두 개의 소원을 비는데

마지막 남은
두 개의 포도로
무엇을 빌 거냐고 물으니

"가족의 건강과
 가장 먼 곳으로 여행하기"

아,
멀리 떠나고 싶군요
쿠스코 할머니

우리 서로
지구 반대편에서 살지만
생각은 다르지 않군요

당신은 내가 사는 곳으로
나는 당신이 사는 곳으로
떠나고 싶은 거군요

파타고니아

나 꼭 와보고 싶었어
지구의 한쪽 끝인 이곳에

황량하리라 생각했던 그곳은
뜻밖에도 너무나 아름다웠어

한 번도 보지 못했던
눈 시리게 파란 하늘

꿈에도 보지 못했던
희디흰 구름떼

누구도 오르지 못할
웅장한 기암 빙벽

아무도 건너지 못할
푸르디푸른 빙하

빙하가 부서져 만들어진
에메랄드빛 호수

작은 동물들이 차지한
호숫가 평화로운 들판

들판에 절로 피어난
선명한 색깔의 들꽃들

 ─ 내 삶의 서사가 되어버린
   한 마리 여우와도 거기서 조우했어
   역시나 혼자서 외롭게 다니고 있더군 ─

억겁의 시간은
장엄한 풍광이 되어

아름다움의 끝에서 지구는
눈부신 작별을 하고 있었어

우리가 도달할
천국은 이런 곳이라고
미리 보여주고 있었어

아프리카에서는

아프리카에서는
사람이 그대로 작품이다

강렬한 피부에
원색의 옷

아프리카에서는
사람이 그대로 풍경이다

타오르는 노을에
까만 눈동자

아프리카에서는
사람이 그대로 생존이다

메마른 대지에
갈라터진 입술

아,
아프리카에서는

장미호수

세네갈 레트바
장미 호수

장밋빛
소금물에
핏빛
눈알 에이며

짜디짠
소금물에
에인 눈 염장하며
온 하루를 사는

장밋빛
소금을 긁어
핏빛
짠 밥으로 바꿔

열여섯 식구
먹여 살리는

온 식구 기둥인
한 남자

장밋빛 호수로
떠나온 삶이
온통 핏빛이라

당장이라도
헐벗던 고향으로
다시 달려가고픈
그 남자

해 질 녘 마중 나온
세상에서 제일 예쁜
손녀딸 같은
막내딸 손잡고
집으로 돌아오며
다정하게 하는 말

"아가,

그래도
소금 얻기보다
몇 배나 어려운 게
사람 마음 얻는 거란다"

르 토로네 수도원

그들은
높고 먼 곳을 향하고는
여러 날을 걸어들어 갔네

발이 멈춘 그곳에
꼭 필요한 것들만을 들이며
흙손으로 회당을 지었네

빛과 어둠
고요와 울림
구도와 절제

진실을 건축했네
침묵을 가두었네
헌신을 드리웠네

나 어느 하루
그 고적한 회랑에
내 영혼을
한 줌 놓고 왔네

공명하는 그 회당에
내 통곡을
하나 묻고 왔네

코츠월드 마을

시간이 고스란히 간직되어
동화 속 소녀가
그대로 살고 있는 곳

동네 총각과 연애하던
소설 속 처녀가
지금도 살고 있는 곳

오후면 카페에 나가
갓 구운 스콘에 홍차를 마시는
백발 속 할머니가
아직도 살고 있는 곳

마을 한가운데를 흐르는 강물에
원형질 속 삶이 녹아 영원히
변치 않고 흐르는 그곳

사그라다 파밀리아

이백 년이 넘도록
아직도 짓고 있는
대성당

우린 태어나서
죽을 때까지
완공을 보지 못하고

가슴속에
대성당을 품고
떠나야 한다

마음속에 스스로
통로 하나를 만들며
살아야한다

그 높은 돌계단에
그저
벽돌 하나를 얹으며

동전 세 개

새 동전
곰 동전
물고기 동전

난 아직도
그곳 동전 세 개를
간직하고 있지

하늘 새
숲속 곰
호수 물고기

난 아직도
온통 푸른 그곳 풍광을
기억하고 있지

파란 하늘
푸른 숲
옥빛 호수

플리트비츠에서
가져온
동전 세 개

함께 묻어온
플리트비츠의
푸르름 세 점

빈 의자

- 고흐를 그리며

고흐는
두 개의 빈 의자를 그렸어

질박한 짚방석 의자와
색깔을 입혀 꾸민 의자

낮에도 외로운 의자와
밤이면 그리운 의자

지독히도 외로웠던 그는
일찌감치 밤하늘의 별이 되어
빈 의자가 되었고

그리도 그리웠던 친구는
영영 돌아오지 않아
빈 의자가 되었어

노오란 별이 되기 전
그는 짚방석 의자에 앉아
파이프 담배를 피우기도

얼굴을 감싸고 울기도 했을 거야

아를의 거리에서
그 흔한 짚방석 의자만 마주쳐도
내 눈엔 눈물이 어른거렸어

서울의 거리에서
프로방스풍 그 짚방석 의자를 보고
당장 우리 집 창가에 들였지

그리곤
내가 자주자주 앉으며
외롭지 말라고, 울지 말라고
자주자주 쓰다듬어주고 있어

경포대에서

경포대에선
다섯 개의 달이 뜬다는데

하늘에
바다에
호수에
내 술잔에
내 님의 눈동자에

헌데
달 뜬 내 술잔
촐랑
마셔버렸더니

내 안에서
출렁
여섯 번째 달이 뜨데

꽃 1

세상에 피어나는
모든 꽃들은
다 예뻐

세상에 태어나는
모든 아기들이
다 선하듯

세상의 아름다움은
꽃으로
피어나지

세상의 선함이
아기로
태어나듯

이 작고 여린 것들로
우주는 늘
새롭게 탄생하는 거야

꽃 2

그냥 가는 줄기인데
그냥 푸르기만 한데

어찌 감춰둔 솜씨로
그리도 섬세한 모양을 만드는가

어디 넣어둔 물감으로
이리도 신비한 색깔을 내는가

어떤 치명적 유혹으로
모두의 탄성을 자아내는가

여러 열 해를 지켜보아도
두고두고 나를 미혹시키는
너 영원한 비밀의 존재
꽃이여

꽃 3

어디서부터 널
꽃이라 할까

언제서부터 널
꽃이라 부를까

얼기 시작하는 땅속에서
네가 품어보는 온기부터랄까

언 땅을 뚫고 가까스로 내민
네 뾰족한 파릇함부터랄까

오랜 기다림의 원형이 되는
네 단단한 꽃망울부터랄까

마침내 경이로움으로 터지는
너의 눈부신 개화부터랄까

꽃 4

몇 달을 품고
몇 날을 넘보다가
드디어 터지는 꽃아

내가 덮어 준
동짓달 짚이불 속에서
내 정을 잉태하고
그 정을 비밀스럽게 지켜냈지

거센 비바람에
한 줄기 가녀린 몸으로
내 손을 꼭 붙잡았지

나와의 약속
긴 기다림의 끝에서
아픈 생살을 가르며
오늘 내 앞에서 몸을 푼
내 여인, 꽃아

꽃 5

하이얀 어머니의 순결한 숨결로

분홍빛 가슴뛰는 기다림의 설렘으로

연보랏빛 아련한 첫사랑의 고백으로

붉은빛 두려운 유혹의 연서로

자줏빛 고결한 여인의 옷자락으로

노오랗게 간직되는 책갈피의 그리움으로

갖은 색깔로
나를 깨우며
나를 채우는
꽃아

꽃 6

사람아
너는 아니

너에게 꽃이 되려고
내가 얼마나 많은 것을 견뎌내는지

사람아
너는 아니

너에게 탄성이 되려고
내가 얼마나 아픈 개화를 이뤄내는지

사람아
너는 정말 아니

너에게 그리움이 되려고
내가 얼마나 이별을 고이 가져가는지

꽃 7

꽃아
넌 그냥 내 앞에 있는데
난 네 앞에서 설레인다

꽃아
넌 그냥 내 옆에 서있는데
난 네 옆에서 부끄럽다

꽃아
넌 그냥 날 바라만 보는데
난 널 보며 몇 번쯤 탄식한다

꽃아
넌 날 그냥 떠나는데
난 널 보내며 못내 아쉽다

꽃아
넌 그토록 무정한데
난 이토록 유정하다

꽃 8

사람아
네가 내 앞에서 설렐 때
나도 설레어 향기를 내뿜지

사람아
네가 내 옆에서 부끄러울 때
나도 부끄러워 얼굴을 붉히지

사람아
네가 날 보며 탄식할 때
나도 온 몸을 떨곤 하지

사람아
네가 이별을 못내 아쉬워할 때
난 꼭 네게 다시 올 것을 다짐하지

사람아
말 못 하는 안타까움으로
난 너보다 더 유정하지

4부
사랑

노부부

자식들
모두 떠나고
둘만 남아

서로의 등에 기대고
함께 늙는 두 사람

늦가을
마당에서 딴 감을 익히려
박스에 칸칸이 앉히는데

갑자기 불어오는
아침 찬바람에

"아직은 가을이지롸
 가을날이 조금은
 더 남았지롸"

행복한 비상

어느 하루
볕 좋은 가을 날
백네 살 노인이

벽에 걸린
기러기 그림 보며
일흔 살 아들에게
간절히 부탁했어

"날아간 기러기는
돌아오는데
떠나간 당신은
왜 못 돌아오나"

이렇게 써서
기러기 그림 아래
붙여 달라고

아내를 보낸 지
스무 해가 넘었건만

그 적도 잊지 못하더니

아들이 써 붙여 준 글에
아내가 날아왔다 확신하고
주저 없이 그 뒤를 따랐어

죽음보다 강했던
오랜 그리움의
왼쪽 날개를 펴고

죽음보다 독했던
오랜 외로움의
오른쪽 날개를 펴고

훠이훠이 행복하게
하늘로 날아갔어
어느 하루
볕 좋은 가을 날

혼자 사는 여인

혼자 사는 옆집 여인에게
술 한 병을 건넸더니

술은 함께 마셔야 한다고
배추 전 지져 다시 가져 오데

술 마신 덕분에
그 여인 말이 술술 나오데

남편이 바람피워 집 나가고
혼자서 삼남매 키워낸 이야기

쌓인 말이 그리도 많은지
세 시간을 혼자서 얘기하데

그녀가 자리를 뜬 후
밥 먹을 때도, 잠자리 들 때도
덩그렇게 혼자일 그녀가 눈에 밟히데

그러게
술병 함부로 건네는 게 아니었네

산다는 게

젊을 적
같은 아파트에서
같이 아이를 키우며
살았던 이웃 남자

이젠 서로 이사해
다른 곳에서 살지만
같은 시대를 살아온
한 사람

어제
아파트에서
떨어져 내렸다 하네

아,
내가 모르는 이가 아닌
내가 아는 이도

아,
종잇조각이 아닌

사람의 몸도
공중에 날릴 수가 있구나

아,
산다는 게
이런 황망한 소식이나
뜻밖에 듣는 거로구나

조우 1

도심 한가운데서
날 크게 부르는
소리 있어 돌아보네

누구시더라
아,아,

날씬하고
매력적이고
총명하고
예뻤던 그 처녀

패기발랄하게
하던 일 집어치우고

꿈을 찾아
미국으로 떠난 지
십 수 년

아,

세월이 참 잔인코나

네 모습이
왜 이리 변했니
처녀야

곱던 갈색 머리다발에
수줍게 꽂고 있던 그
하얀 꽃핀은 잃어버렸니?

그래,
꿈은 찾은 거니?

온통 노란 머리로
그 처녀 내게로 달려와
아메리칸 스타일로 크게
나를 덥썩 껴안네

조우 2

초점 잃은 눈들이
잿빛 풍경이 되는
노인 요양원에서
뜻밖에 만난 그분

내로라 하는 기업을 일군
이름 석 자를 대면
어지간한 사람은 다 알

정신 줄을 반은 놓은
아직도 거구의 그 사나이

아는 척을 하자
우릴 붙들고
초등학교 동창인
진즉 돌아가신
우리 아버님을

고스란히 기억하고
어린 시절 이야기를

줄줄이 풀어 놓는다

끝없이
한참을
애기하시다간

“그러니까
　자네가 누구시라고?”

처음부터
다시 또 묻는다

아하,
금방 살았던 삶이
자꾸 지워지고
더 이상 삶이
살아지지 않는 거로구나 !

돌아간 너

넌 말했지
네 손금엔 네 목숨이
57년만 새겨 있다고

그런 말을 그렇게
해맑게 웃으며
하는 게 아니라고
난 네게 화를 냈었지

57세가 되던 해
네 몸 세포가
네게 경고했어

넌 알고 있다는 듯
씩 웃으며 그냥
그대로 넘겼지

짙은 눈빛으로
깊은 지성으로

바람 같은 얼굴로
들꽃처럼 가버린 너

지금도
저세상 밖으로
씩 웃으며 그냥
걸어 나오는 너

난 오늘도
너의 부재가 못내 아쉬워
이 세상으로 널 불러내
그냥 바라보고 있다

다행이다 2

꿈에서도 못 보는 네가
거리에서 갑자기 튀어나왔어
너무 반가워
어깨를 툭 칠 뻔했어

저세상으로 떠난 지
십수 년 . . .
여전히 깊고 까만 눈으로
먼 곳을 응시하고 있더군

아직도 네가 그리운 내게
적막을 뚫고 허공을 날아
이 거리에 빙의한 거니?

붉고 노란 잎 흩날리는
이 그럴듯한 계절
너랑 자주 지난 이 길에?

아, 다행이다
이렇게라도
널 한 번 볼 수 있어서

내 친구 경숙이

내 친구 경숙이는
초등학교 동창

마당과 툇마루가 있는 집에서
아버지, 어머니,
오빠, 언니, 동생들이
주렁주렁 살았었지

칠순이 넘어서도
얼굴 보는 우리
어제도 우리 집에
주렁주렁 싸 들고 왔데

단감, 고춧가루, 쑥떡,
내 연분홍 블라우스도
하나 사들고

큰오빠 치매가 왔다네
어릴 적 내가 살짝 마음 설렜던
잘생긴 셋째 오빠 소식도 전해주고

목둘레, 허리둘레
둘레둘레 넉넉한 품으로 앉아
"그래, 그럼, 그러지, 괜찮아 . . ."

뭐든 술술 들어주고
뭐든 술술 얘기하곤

툴툴 털고 일어서네
또 툴툴 털고 올 거네

그리움이
일상의 먼지처럼
잔잔히 쌓이면

어머니 말씀

이야기 좋아하고
책 좋아하면
가난하게 산다고

돌아가신 울 어머니
늘 걱정하셨지

그런데, 어머니
나 애기 때부터
늘 옆에서 도란도란
얘기해주던 분이 누구셨나요

새벽에 책 읽는 나랑
늘 함께 일어나서서
옆에서 이것저것
챙겨주던 분이 누구셨나요

걱정 마세요, 어머니
이 막내딸 일흔 너머까지
이렇게 잘 살고 있으니까요

하랑이

나 어릴 적
집에 있던 맛있는 건 다
우리 외할머니가 보낸 거랬어

다락에서 하나씩 익혀 먹던 홍시
항아리에서 몇 알씩 꺼내 먹던 알밤
화롯불에 노릿노릿 구워 먹던 가래떡

다 우리 외할머니가
나 먹으라고 보낸 거랬어

아, 내게도
그런 손녀가 생겼다네
난 외할머니가 되었다네

이름은 하랑이라네
설총의 후예라서
설 하랑이라네

멀리 있어도

늘 내 눈 안에 담고 사네

왜 안 그러겠는가
그 애와 나 사이엔

애틋하고 그윽한
원초적 모성이
DNA로 흐르는데

산타 이야기 1

여덟 살 소녀가
아버지에게 물었습니다
산타가 정말 있느냐고

아버지는 그 진실을
신문사에 물어보자고
함께 편지를 보냅니다

경험 많고 지혜롭고
아름다운 기자는
이내 답장을 보냅니다

— 소녀야,
   산타는 정말 있단다
   이 세상에 사랑과 믿음과
   착한 마음이 존재하는 것처럼

   세상에서 중요한 것은
   늘 눈에는 보이지 않아
   마음의 눈으로만 볼 수 있어 —

소녀야,
이렇듯 세상을 많이 산 나도
그와 딱 똑같은 생각이란다

산타 이야기 2

미세한 바이러스 하나가
온 세상을 꼼짝없이 묶어버린
2020년 12월

여덟 살 소년이
산타에게 편지를 보냈습니다

올해는 못 오시나요
머리맡에 손 세정제 놓아둘께요

소년은 이내
산타의 답장을 받았습니다

소년아, 나는
선천성 면역력이 있으니 걱정마렴
썰매와 선물 준비를 모두 마치고
지금 막 출발하려고 한단다

추신 : 루돌프와 다른 사슴들도 모두 음성 판정을
         받았으니 안심하렴

아가야 1

넌 나에게
백합꽃 다발을 안겨 주었지

난 너에게
그 백합꽃을 그려 주었어

넌 나에게
장미꽃 스카프를 선물했지

난 너에게
그 장미꽃을 그려 주었어

넌 아직도
그 그림들을 간직하고 있을까

난 아직도
스카프 포장지도 간직하고 있는데

아가야 2

아직
세월의 자국이 남지 않은
희고 부드러운 네 손과

세월의 잔해가 그대로인
메마르고 앙상한 내 손이

두 손을 꼭 잡고
도시의 밀림 속을
누비고 다닌다

밖에서 환히 보이는 찻집 창가
라다크 풍광을 보여주는 영화관
로댕의 조각을 데려온 미술관
스페인 요리를 잘하는 레스토랑

젊은 연인들처럼
아, 참
신나는 일이야

사랑 1

나는
누구에게도 말 못 할
사랑을
내 안에 가졌어

숨이 다하는 날
함께 묻어야 할

내 초시계의
초바늘은 늘
명중하는 화살로
그곳에 꽂히지

사랑 2

투명한 가을볕에
널 꺼내어
하얀 광목처럼
희디희게 바랜다

웅크러든
너의 사지를
청정한 소슬바람에
고슬고슬 펴 말린다

네 하얀 웃음이
하늘로 호르르 날아가고
네 청량한 목소리가
내 가슴에 후르르 날아든다

아,
내 숨은 사랑의
하루 눈부신 외출이다!!

사랑 3

내 사랑이
내 품으로 파고드네

난 그 머리칼에
턱을 묻고

그는 내 가슴에
코를 묻네

탯줄로 연결된
모자의 두 몸 같이

원시의 몸짓 같은
절대의 포옹 같은

오
내 사랑

사랑 4

초가을 햇볕 아래
삽상한 바람 맞으며

내 사랑과
나란히 걷고 있네

참 오랜만이네
이런 볕쪼임은

쭉 잊고 살았네
이런 바람쐼은

파란 하늘 흰 구름도
우리 위에 떠 있네

거세게 난파되어
오래 표류하던 내 사랑이

정박을 간구하며
도보를 꿈꾸며

가까스로 제 육신이
스스로 닻이 되었네

내 사랑이여
부디
든든한 닻줄 내리고
단단히 뭍에 서기를

사랑 5

내 사랑이
나랑 걷다가

먼 길 함께
잘 왔다고

이젠
헤어지자고
환하게 인사하네

등 떠밀어도
꿈쩍 않고

문 잠가도
다시 들더니

제 발로 사뿐
걸어 나와

세상 밝은 안녕을

짐짓 고하네

떠나도 되는 거지?
보내도 되는 거지?

어차피 난
이 미완의 길 위에서
널 놓아두고 떠나야 하니까

내 사랑
부디,
부디 안녕

|발문|

전정예 씨는 몇 가지 관점에서 우리 시단에 신선감을 선사해 주고 있다. 성년이 되어 생활의 때가 묻을수록 유년 시절의 순수성으로부터 멀어지듯 오늘의 퇴폐적인 우리 시 역시 본연의 모습으로부터 떨어져 나와 있음도 사실이다. 그의 시는 이와 같이 방황하는 우리의 현대시의 고향 혹은 시의 유년이 무엇인가를 가르쳐주고 있다. 둘째는 독특한 시적 개성이다. 그것은 그가 맛깔스럽게 구사하고 있는 토속적인 세계에서 잘 드러나고 있다. 어찌 보면 백석의 시적 감각 같기도 하고, 어찌 보면 노천명의 향토성 같기도 한 그녀의 이 같은 토속성은 남도의 풍치와 잘 어울려 좋은 작품들을 빚어놓았다. 그러나 무엇보다도 안심하고 그를 시단에 소개할 수 있는 것은 그의 섬세하면서도 날카로운 감성과 언어의식이다.

- 1998년《세기문학》겨울호 신인상 심사평
오세영 시인, 서울대학교 명예교수
유안진 시인, 서울대학교 명예교수

시집 〈여우야 여우야〉는 이 풍진 세상에 적당히 때묻고 피곤해진 나에게 맑음과 생기를 불러 일으켜주었다. 이 맑음과 생기는 시작품들이 품고 있는 토속정서와 토속언어의 떳떳한 구사에서 기인하는 것 같다. 아울러 우리가 많이 잃어버린 천진무구한 감성, 사무사의 그 진정성을 지속적으로 보여주고 있기 때문이다. 가벼움, 말의 무책임한 유희, 현란한 기교주의가 넘치는 오늘의 우리 시단에서는 드물게 보이는 원형질의 풋풋함이라고 할 수 있겠다.

시집 〈여우야 여우야〉는 이처럼 지은이의 생활체험과 어린 시절의 고향-어머니-가족-사람들의 이야기와, 사물-자아에 관한 존재의 탐구가 주조를 이루고 있다. 시를 통해서 허황된 꿈을 꾸지 않고, 담담하게 있는 그대로를 바라보고 느끼고 생각하는 태도를 엿보게 한다.

- 2004년 시집 〈여우야 여우야〉 발문

이성부 시인

전정예 교수는 "보편적인 인간 정신에서 태어난 언어 구조는 모두 같을 것이라고 보는 언어학자 촘스키의 신념에 동조한다"면서 자신의 문학적 토대와 내력을 밝혔다. "동시대를 사는 인간들의 보편적인 정서는 같을 것이고 일상에서의 의미도 비슷할 것이라고 본다. 그것이 내 시다."

그 덕에 전정예 교수의 시는 쉽게 잘 읽힌다. 생활 체험, 어린 시절의 고향, 어머니, 가족, 이웃 같은 시재와 이야기를 통해서 보편적 정서의 중심을 향해 직방으로 달려간다.

- 2004년 시집 〈여우야 여우야〉에 대한
조선일보 기사(2004. 6. 24)
김광일 조선일보 문화부 기자

전정예 교수는 자주 "나 지금 뭐하는 거지? 나 여기에 있는 것 맞나?"라는 질문을 떠올릴 때가 있다며 "내 존재나 위치에 대해 물음을 던질 때 어린 시절의 '여우야, 여우야 뭐하니'라는 구절이 자꾸 생각난다"고 밝혔다.

언어학자인 그는 언어를 연구하다가도 언어로 노래를 짓는다. 언어학은 일상 언어도 어렵게 설명하는 학문이지만 전 교수의 시는 평이한 언어로 쓰여 쉽게 읽힌다. 관념이나 장식을 벗어버린 벌거숭이처럼 투명하면서도 시어의 옷을 입고 있다. 전 교수는 자신의 시학을 시인의 '몸' 안에서 시간의 그림자들은 서서히 '몸'으로 채워지고 그런 육화 과정을 거쳐 '어느날 문득 까만 기호로 옷 입혀 보내는 힘겨운 이별을 한다'는 것. 시인이 시를 내놓는 것은 창작의 기쁨이 아니라 제 몸 속의 언어를 밖으로 내보내는 작별의 의식인 셈이다.

- 2015년 시집 〈여우가 여우가〉에 대한
조선일보 기사(2015. 6. 12)
박해현 조선일보 문학전문기자

어릴 적 고개 너머 보았던 외로운 여우, 안 보면 보고 싶어지는 그리운 여우들에 대한 시집. 이 시집은 따스한 시선과 섬세한 감성으로 우리의 보편적 정서를 건드린다. 시인의 주변에 있는 사람, 꽃, 바람 그 모든 아름다운 것들과 아름답게 살아가고자 하는 시인의 진정성이 느껴진다. '포옹'을 '사람과 사람의 가장 따뜻한 몸짓'이라고 표현하는 시인의 마음은 우리의 마음 깊숙한 곳, 서늘한 곳에 존재하는 얼음을 녹여내는 사랑의 온도로 다가온다. 시인의 일상을 풍요롭게 채워주는 것들은 시인이 바라보는 자연물이다. 감국, 달개비꽃, 모과, 풀꽃 등 강인한 생명력을 가진 것들에서 시인은 인간을 알아가고 삶의 지혜를 배운다. 그 싱그러운 것들이 왜 아무 대가없이 한결같은 자세로 우리 곁에 자리하는지 그 이유를 실감케 하며, 그 생명들에게서 인간을 유화롭게 만드는 힘을 본다.

- 2016년 시집 〈여우랑 여우랑〉 발문
김영재 시인